वज्र नाम का एक चोर कांचीपुरा में रहता था। चोर का यह नाम विशेष रूप से सार्थक था, क्योंकि उसका हृदय वज्र के समान ही कठोर था। उसे दूसरे के दुःख की अनुभूति नहीं होती थी।

किसी भी व्यक्ति की मेहनत से कमाई हुई संपत्ति, धन-दौलत यदि चोरी हो जाए तो उसे बहुत कष्ट होता है, इस बात का अंदाजा केवल सहृदय व्यक्ति ही लगा सकता है।

वज्र दिन-रात लोगों के घरों में चोरी करके खूब धन इकट्ठा करता और पकड़े जाने के भय से उसे जंगल में एक पेड़ के नीचे छिपा देता।

एक दिन जब वज्र चोरी के धन को जंगल में छिपा रहा था, तो उसे वीर नाम के एक लकड़हारे ने देख लिया।

धन को देखकर लकड़हारे के मन में लालच आ गया। उसने थोड़ा सा धन निकालकर उस गड्ढे को पहले की तरह ढक दिया। वीर बहुत चालाक था। वह इस चतुराई से चोरी करता था कि वज्र चोर को कुछ भी पता नहीं चलता। इस प्रकार वीर चोर द्वारा छिपाए धन में से रोज दसवाँ हिस्सा निकाल लेता था।

एक दिन लकड़हारे ने चुराए गए धन को अपनी पत्नी को देते हुए कहा, "तुम रोज-रोज मुझसे धन माँगती रहती हो, लो इस धन को अपने पास रखो। भाग्य से आज मैं बहुत सा धन लाया हूँ।"

लकड़हारे की पत्नी शुद्ध विचारों की महिला थी। उसने पति से कहा, "अपनी मेहनत द्वारा कमाया धन ही स्थायी होता है। बाकी धन तो कुछ समय बाद नष्ट हो जाता है। इसलिए इस धन से कुआँ, बावड़ी आदि बनवा दो।"

लकड़हारे को अपनी पत्नी की बात बहुत अच्छी लगी। उसके अपने आस-पास बहुत से कुएँ, तालाब थे, इसलिए उसने एक ऐसा तालाब खुदवा दिया, जिसका पानी गरमियों में भी नहीं सूखता था।

तालाब अभी पूरा बनकर तैयार नहीं हुआ था कि लकड़हारे का धन समाप्त हो गया, अब तो वह परेशान हो गया। उसने फिर से वज्र चोर का पीछा करना शुरू किया, ताकि पता लगा सके कि वह अब चोरी का धन कहाँ छिपाता है।

किसी प्रकार पता लगाकर लकड़हारे ने दसांश चुराकर तालाब का कार्य पूरा कराने के साथ-साथ भगवान् विष्णु और शंकर के मंदिर भी बनवाए। बहुत से जंगलों को खरीदकर छोटे-छोटे खेत बनवाकर उन्हें गरीब ब्राह्मणों में बाँट दिया। वह प्रतिदिन मंदिर में पूजा-अर्चना करके वस्त्र और आभूषण दान करता। उसने गरीबों के रहने के लिए घर बनवाए। लोगों ने उसके कामों से प्रसन्न होकर उसका नाम द्विजवर्मा रख दिया।

अंततः जब द्विजवर्मा की मृत्यु हुई तब एक ओर से यम के दूत उसे लेने आए तो दूसरी ओर विष्णु और शिव के दूत भी आ गए। द्विजवर्मा को ले जाने के लिए दोनों आपस में झगड़ने लगे।

तभी नारद ने उपस्थित होकर दोनों को समझाया–''झगड़ना बंद करो और मेरी बात ध्यान से सुनो। इसने चोरी के धन से मंदिर आदि बनवाए हैं। इसलिए जब तक चोरी के धन का पाप समाप्त नहीं हो जाता तब तक यह वायु के रूप में आकाश में विचरण करता रहेगा।''

नारद की बात सुनकर सभी दूत तो वापस लौट गए, किंतु वह लकड़हारा प्रेत बनकर वायु में ही लटकता रहा।

कुछ दिन बाद नारद ने लकड़हारे की पत्नी से कहा, ''तुमने अपने पति को पुण्य कर्म करने की सलाह दी, इसलिए तुम ब्रह्मलोक में जा सकती हो।''

लकड़हारे की पत्नी पति की मृत्यु के दुःख से दुखी थी, वह रोते हुए बोली, ''देवर्षि, जब तक मेरे पति को देह नहीं मिलती तब तक मुझे भी इस पृथ्वी पर रहना चाहिए; जो गति मेरे पति को प्राप्त होगी, वही गति मुझे भी प्राप्त होगी।''

लकड़हारे की पत्नी की धर्म की बातें सुनकर नारदजी बहुत खुश हुए और बोले, ''हे देवी, तुम तीर्थों के जल से स्नान करके, कंद-मूल-फल खाकर भगवान् शिव की पूजा और जप करो, इससे तुम्हारे पति को मुक्ति अवश्य मिलेगी।''

इसके बाद लकड़हारे की पत्नी ने भगवान् शिव की श्रद्धा-भक्ति के साथ आराधना की, जिससे उसके पति का चोरी का पाप धुल गया। दोनों को उत्तम लोक की प्राप्ति हुई। वज्र चोर तथा कांचीपुरा के सब लोग, जिनका धन परोपकार और पुण्य के कामों में लगा था, सभी स्वर्ग को चले गए।

□□□